いさよふ月

つばめ 那月

文芸社

いさよふ つき【いさよふ月】

（古語）

出ようとして、

または没しようとしてためらっている月。

『全訳古語辞典』（旺文社）

目　次

詩　屑

しくづ【詩屑】

古語うたくづ（歌屑）より著者の造語。
くだらない詩。へたな詩。

皆何も解ってくれない
誰１人として私のことを
真面目に話してるのに
ちっとも聴いてくれなくて

犬も猫も鳥も虫も
月や星や花や草も
わたしの心の痛みには
全く気づいてくれてない

心から私を理解して
言葉じゃなくて心で救って
苦しい日々を過ごしているのに
気づいてくれるヒトはいない

ある日私は立ち止まった
そして だんだん固まった
それからどんどん沈んでいって
真っ暗闇に落ちていった

はるか上には小さな穴
そこからかすかに見えるのは
今では遠く離れた世界

風が木々を揺らしていて
木々は太陽に照らされていて
きれいな緑が広がっている
なのに私は動けない

夜空に星があんなにも
光りかがやいているのに
月はあんなにきれいなのに
私はここから抜け出せない

誰か丈夫な綱一本

小さな穴からたらしてほしい

真っ暗闇のこの場から

私が抜け出せるように

ボクはどうして泣いているんだろう

ボクはどうしてだまっているんだろう

ボクは何を考えているんだろう

ボクの中にある

ボクに対するボク自身への疑問

何一つ答えはわからない

何もかも　わからない

胃が気持ち悪い

胸が苦しい

頭が痛い

息がつまりそう

しんどいよ　もう何も考えたくない

ずっとずっと眠っていたい

永遠に目覚めることなく…

逃げたいな　この場から

逃げたいな　この世から

逃げたいな　全てから

ボクはどうして泣いているんだろう

ボクはどうしてだまっているんだろう

辛かったんやなって

抱きしめて欲しかっただけ

辛かったやろって

温かい胸で泣かせて欲しかっただけ

苦しかったんやなって

背中をさすって欲しかっただけ

苦しかったやろって

頭を撫でて欲しかっただけ

ただそれだけ

気が狂ひさう

息が詰まりさう

ひとりにしなひで

でもひとりにしておひて

もうどうしやうもない

どうしたら良ひのか解らなひ

真つ暗で何も見へなひ

光は何処にあるの

出口は何処にあるの

いつまで此処に居るの

いつになつたら抜け出せるの

もう限界だと云ふのに

雨は憂鬱だけど

濡れると気持ち良い

誰かが流した涙

肌から染みてくる

皮膚から入り込んだ雫は

体中を駈けめぐって

心の中の悲哀の水槽に溜まってゆき

水槽から溢れ出した雫たちは

目からこぼれおちる

そしてまたいつか

雨として

誰かのもとへ

初めてあなたと話をした時から
一緒に街を歩いた時から
始まっていたんだ　この気持ちは

そんなつもりじゃなかった
そんな気持ちじゃないって
思い込んでいたんだ　きっと

しばらく時間を共有して
離れた時に気付いた
忘れていた　解らなくなっていた
「好き」という気持ち

抑えようと思ってももう無理みたい
あふれだして　止まらない…
どうすればいい？　切なすぎる

ひとりの時間をすごしている時に
あなたと違う時間をすごしている時に

ふくらんでいくんだ　この気持ちは

考えるつもりじゃないのに

そんな気持ちになっちゃいけないって

思っているのに　ホント

しばらく悩んで考えて

あなたがよぎった時に気付いた

こんなにも　胸が苦しくなるほど「本気」な自分に

抑えようと思ってももう無理みたい

あふれだして　止まらない…

どうすればいい？　切なすぎる

すごく言いたいと思う時があるけど
決して悪い言葉じゃないのに
冗談だと笑われ、馬鹿にされそうで、
はたまた貴方を困らせてしまいそうで、
言えない言葉があります。

すごくこうしたいって思う時があるけど
やっぱり、馬鹿にされそうで、
もしくは鬱陶しいと嫌がられそうで、
できないことがあります。

貴方と居る時は本当に倖せです。
そりゃあ言い争ったりもします。
怒られたり冷たくされたりもします。
けど、それで腹が立ったり悲しんだりって思いは
前後にある、優しい態度で全部、
何処かに流れていっちゃうんです。

こんなわたしは、可笑しいですか？

ごめん

でもまだ

君のこと信じられない

よろこんで　そして　ほめてね

わたし　こんなにキレイにしたの

部屋中　キレイに　ピカピカに

フトンもほら

お日様のニオイ

気持ちいいでしょ？

カーテンだって　見て

こんなに真っ白

まぶしいでしょ？

驚いて　そして　うれしそうにしてね

ごめんね

素直じゃなくて

何故だか

貴方の前だと

変に意地を張っちゃう

ホントは

甘えたいのに

あたしが居なくても

平気なあなたと

あなたが居ないと

ダメなあたし

きっとあたしが間違ってる

もしあなたに見捨てられたら
わたしは死んじゃいそうな気がするけど
もし生きていたら
もう恋愛なんてしない
ひとりで生きられるほど　強くないけど

どうしても
何もかもを捨ててでも
あなたには見捨てられたくないんです
それぐらい好きなんです
解って下さい

キンモクセイノカヲリ

何処からともなく

ふんわりと

風にのつて馨つてくる

とても良ひ馨り

でもちよつと　切なひ馨り

「倖せってどんなもの？」

みんなの倖せってどんなもの？

いつやって来た？

今も居る？

わたしの好きな分の

半分ぐらいは

好きになってくれる？

朝起きて　窓を開けてみたけれど
その後起こった
わたしにとって嬉しくないことのお陰で
窓も　カーテンも閉めたくなって閉めた
絶望的
今日はもう真っ暗でいい
このあと起こることを考えるだけで
涙がでる
わたしの望まない結果になりそうだから
もう死にたいって思うばかり
どうせ死ねないくせにって言いたげな
みんなの顔が浮かんできて
尚更　死にたくなる
苦しい　苦しい　苦しい　苦しい　苦しい
苦しい　苦しい　苦しい
もう周りの言うことなんて信じたくない
自分のことも信じたくない

苦しい　苦しい

死んじゃいたい

もうその言葉と涙しか出てこないよ

頑張って棒を持とうとしているのに

わたしには

重すぎて

すぐにその棒を落としてしまう

哀しいこと

助けを求めようにも求める人が居ないこと

この人ならと思い切って助けを求めてみても
余り相手にされないこと

自分の本当の気持ちを云えないこと

そもそも自分の気持ちがよく解らないこと

落差ガ激シスギテ

手ニ負エナイ

オ願イダカラ

愛シテクダサイ

今にも

泣きだしそうな

空のため息は

好き

哀しいにおいがするから

今まで、生きてて良かったと思えるぐらい

楽しかったことは？

やった、と思ったことは？

と聞かれて…答えられなかった。

頭に一生懸命、今までの記憶を

思い浮かべてみたけれど、

心から楽しい

これがあるから、これのために

生きていたい

何をおいてもこれはしたい、楽しい

そう思えるものは、なかった。

そして、今でも、ない。

そう

わたしは

こわかった

今の関係がなくなるのが

だから

はっきりいえなかった

だから

はっきりきけなかった

関係がくずれるなら

今のままで　いいと思った

つらくても

不安定でも

つながっていられる今の方が

いいと思った

触れたい　触れてほしい

抱きつきたい　抱きしめてほしい

キスしたい　キスしてほしい

ひっつきたい　ひっついてほしい

そばにいたい　そばにいてほしい

好きでいたい　好きになってほしい

愛したい　愛されたい

口にすると

何を言っても違う言葉になりそう

見当たらない

思っていることを表す言葉が

自分の気持ちに　思いに　値する言葉が

うまく言えない

伝えることができない

我慢する必要はなかったかもしれない

でも勝手に我慢していた

我慢ができずに電話してみた

でもあなたは出なかった

「タダイマ電話ニ出ラレマセン」

不安がわたしを取り巻いた

見えない電話の向こうで

あなたは何をしているんだろう

出られない?

出たくない?

気付いていない?

気にかけてくれる?

今まで

はなれたくない人たちと

いろんな理由で

わたしの意思とは関係なく

イヤというほど

はなされてきた

そして今また

ひとり

はなれていってしまう

どうして？

今一番はなれてほしくない人なのに

どうして？

はなれたら

わたし

忘れられちゃうかもしれないのに

これ以上

わたしから光を奪わないで

生きていけなくなっちゃうから

可愛い花はあなたの部屋で落ちた

愛らしいつぼみは開かないまま

花を摘んでもらったのは生まれて初めて

花を摘んでくれるなんて思いもよらなかった

すごく嬉しかった

本当に嬉しかった

毎日開かないつぼみを見てあなたを想う

見なくても気付けばあなたのことを考えているけど

今まで以上にこの花が好きになった

また見たいな

あなたの手の中で微笑む青い花を

ちっとも自分を好きになれなかったわたしなのに

あなたと出会ってから今までを思い返して気付いた

あなたといる時の女の子してる自分が好き

なんて素敵なことなんだろう

でもあなたがいないとそれも意味がない

あなたといられなかったら

また好きになれなくなるかも

見えない糸をあなたにくくりつけるから

はずさないでたまに引っ張ってほしい

遠くても側にいるって安心させてほしい

それはあなたにとって…

人思ひ

流るる雨露

何時や及ばむ

クロッカスの花言葉をあなたに

あなたを待っています

わたしを信じてください

あなたを信じながらも心配です

裏切らないで

パンジーの花言葉をあなたに

わたしを思ってください

わたしはあなたを思う

ダキシメテホシインダ

ツヨク

ヤサシク

モウハナサナイッテ

イッテホシインダ

ソシテボクモキミニ

ソウシタインダ

ドコデ　ナニヲ　ワスレテキタ？

あなたの雨は何色？

わからない

何もかも

何が本当か

何が嘘か

何を信じればいいのか

何を考えているのか

何を思っているのか

何をすればいいのか

何がしたいのか

何をしているのか

わたしは　誰なのか

何もしたくないはずなのに

何もすることがないと

落ち着かない

ヒマ

退屈

そう思って

何かしようとするけれど

何もすることが見付からない

焦る

今この状態から抜け出したい

そう思って

何もできないまま

苦しむ

傷を見ると　落ち着く　なんて

わかってもらえないよね

自分の傷を

傷から流れ出す血を見て

ああ　これがあるから

わたしなんだ　って

それを消すことに

抵抗を感じて

また傷をつけてしまう

そんな気持ち

わかってもらえないよね

タバコを吸う人が

やめた方がいいって思ってて

やめられないのと

同じなのにね

タバコを吸う人が

体に悪いとわかってて

でも　吸うと落ち着く

それと　一緒なのにね

迷惑かけたいんじゃない

きっと助けて欲しいの

助けを求めることが

迷惑になってる？

しんどいって言ったら

抱きしめてくれたあなた

どんな言葉をかけてもらうよりも

すごく嬉しかった

死んでもいいと思ったぐらい

倖せな瞬間でした

泣かないで

君が泣くと

ボクも哀しくなるから

笑顔でいて

そしたらボクは

倖せだから

わたしはあなたの手の中にいた

あなたの手の中で走り回っていた

いつしかわたしは転げ落ちた

あなたがしっかり

捕まえてなかったから

わたしは転げ落ちた世界で

身動きがとれなくなってしまった

あなたが何度か

差し出してくれた手の上にも

戻ることができずにいた

あの時わたしは

あなたの手の中で

居心地がよいと感じていた

だけど今はわからない

こんなことになってしまう前に

しっかりと捕まえてくれていれば

今度手の中に戻ったら

もう二度と落ちないように

捕まえていてくれる？

それはそれは

とても不思議な気持ちで

徐々に大きくなっていくけれど

自分ではよく分からなくて

はっきりと認識できない

ただすごくドキドキして

胸がきゅっと苦しくなる

毎日が単調で

でも楽しくて

生きる意味なんて

なくてもいいかなって

思えてきた自分

大事にしてあげたい

くさりでつながれていて

動けなかったわたし

自分ではずせたのに

はずそうとしなかった

最近やっとはずせた

けれど

くさりの重みが

感覚として残っていて

忘れられない

時とともに

忘れられるだろうか

このほんわかした気持ちに
とまどいを感じるのは
どうしてだろう
時の流れにまかせて
自然の成り行きに
従えばいいのに
おのずから先走って
不安に駆られるのは
なぜなんだろう

夜　眠たくなって

ベッドに入り

半分寝かかった意識の中で

なぜだか急に

寂しくなって

誰かの声が聞きたくなった

無性に

でも　用もない電話に

付き合ってくれる人なんて

いないってことを思い出して

そのまま眠りについた

愛されることに慣れていないわたしは戸惑った

倖せなはずなのに

また鬱になるのではないかという

不安が一気に押し寄せてきた

ヤバイ…

この胸の苦しみは何？

また叫んでしまいそう…

「タスケテ」

誰か抱きしめてあげて

あの子の不安がつぶれるように

誰か抱きしめてあげて

少しでもあの衝動が抑えられるように

誰か抱きしめてあげて

あの子が苦しみを吐き出し泣けるように

誰か抱きしめてあげて

強くそして優しく

誰にも近づいて欲しくない。

でも誰かに側に居て欲しい。

黙って抱きしめていて欲しい。

小さな　コスモ　共有

『砂浜のある海はまた今度』

そう言ったあなたの言葉

すごくうれしくて

ひとり喜んでた

でも

果たされなかった

もう

果たされることは

ないよね

こころなんて

こもってなくていいから

誰かに抱かれたい

その瞬間

寂しさからは逃れられるから

自分の存在を感じられるから

意識なんてなくっていい

むしろ

ない方がいい

全ての行為が腹立たしく感じる。

苛々する。

痛みを感じないとやりきれない。

自分をすごく傷つけたくなる。

オトコとオンナとは

どうしてこうも違うものなのか

同じ人間と分類するには

無理があるぐらい

オトコとオンナとは

もはや別の生き物ではないか

わたしは

両性具有でありたいな

離れていく　君とのキョリ

離れていっているのは

きっと　わたしの方

またあのフレーズを繰り返す

「ねぇ　好きってなんだっけ」

泣きそうなぐらい

鬱

でもここは外

泣いちゃいけない

雨が降りそうな天気だな

カルキの匂いがする

と思っていたら

パチパチパチ

ベランダの柵にあたる雨の音

あ　降ってきた

マンション7階のベランダから

下を見ると

雨粒の大きさがよく分かる

あれ　なんかこの雨違う

雨粒が大きい

雨粒と雨粒の間隔も広い

まるで　涙みたい

わたしは黙って

暫くその雨にうたれた

他のヒトの云うことは信じられない

何を云われても

良いことは全て嘘に聞こえる

でも悪いことは

全部そのまま真実だと受け止める

人間不信なんて

今に始まったことじゃない

でもその割に

すぐに信じてしまって

騙されることが多々ある

なのに学習しない

もう誰の云うことも信じたくない

聞きたくない

こんな耳いらない

目も口もいらない

心臓だって何だって

こんな身体なんかいらない

ココロだっていらない

全部あげる

だから殺して

壊れたココロは元に戻るの？

バラバラに散った破片は

パズルのように元に戻るの？

破片で更に傷付いたりはしないの？

全部の破片は揃うの？

日ごろ結構何かと考えてる

って思ってるけど

気付けば、そんなに

考えるって事してないんよなぁ。

こんな事考えてみんかった

とか、

こんなに考えたん初めてや

とか、

思う事、割とある。

そんでそういう事に限って

考え出すと、

容易に答えが出んねん。。

もっと考えなアカンのかなぁ。

わたしが光の差す方へ向かおうとすると

小さなわたしが

そっちに行かないでって

哀しそうな顔で

わたしの側に居てって

寂しそうな目で

離れないでいてって

今にも消えそうな暗い影を出して

だからわたしはとどまる

光の差す方へなんか行かない

貴女の側にいるよって

小さなわたしの横にくっついて座る

すると小さなわたしは

何も云わずにわたしに体重を傾ける

下を向いたまま寄りそって

でも手はしっかりわたしの服をつかんでいる

大丈夫

何処にも行かないから…

寝るのがイヤで

パンを頬張ってみた。

明日の為に買ったパンなのに…。

止まらなくなった。

まだパンはある。

その前には散々、ご飯やらお菓子やら

アイスやらを食べていたのに。

愛情が足りないの。

だから食べ物で満たすの。

でも満たされないから

気持ち悪くなっても沢山食べる。

けど、情はいらないの。。

最近、ベッドで寝るのが

イヤになってきた。

何かをしながら

眠くなって

そのままその場で

知らぬ間に寝るのが

すごく心地よい。

そして

願うのは

そのまま

目が覚めないこと。

永久《トワ》の眠りに

つくこと。

なんでこんなにしんどいのかな。

なんでこんなに涙が出るのかな。

頑張ってるの。

これが精一杯なの。

もういいんだって。

しんどいのに、

なんで周りは解ってくれないの？

自分で治すしかないって、

そんなの解ってるけど、

どうにもできないんだもん。

限界なんだって。

どうして解ってくれないの？

ある時気付くんだ。

わたし、ひとりぼっち。。

哀しいね。

月明かりを浴びていると

浄化されていく気分になる

綺麗な月の光は

どれだけ見ても飽きることなく

お月様大好き

タイミングが悪すぎる

どうしてもっとうまく事が運ばないのか

すれちがい

おもいこみ

いろんな障害がジャマをする

身体のあちこちを傷つけたんだ
ただ傷ついただけじゃなく
何かのモヨウみたいに
バランスもうまくとれている
傷がないと耐えきれない
今のこの状態に
耐えきれない
タトゥは非難しないヒトでも
わたしの手によって
えがかれた傷は非難する
今回のこれは
わたしなりのタトゥだったのに
何故?

混乱。

何をしてるんだろう。

こんなことしてていいの？

何をしたい？

これで良かった？

選んだ道は正しい？

生きてる実感がない。

一体どれぐらい

こんなに

苦しい思いを

してきたんだろう

そして

一体どれぐらい

こんなに

苦しい思いを

していくんだろう

口をついて

出てくる言葉は

シニタイ

の４文字

シンドイ

の４文字

ツカレタ

の４文字

クルシイ

の４文字

終わりは

いつ来るの？

コタエハワカッテイルノニ

ミチビキダセナイ

自分の身体を傷付けたかつた

滅茶苦茶にして

身体中傷だらけにして

そして最後には

死を迎へるのだ

わたしが死にたひ理由はふたつ

生きて居たくなひから

周りに思ひ知らせてやりたひから

何故ヒトの気持ちは

不変じゃないのだろう

心　肝

こころぎも【心肝】

（古語）

心。胸中。考え。思慮。

『全訳古語辞典』（旺文社）

鬱じゃない自分に

不安を感じる

苦しかったはずなのに

ひどかった頃に戻りたいと思う

うつ依存症

何も感じたくない

何も考えたくない

消えてなくなりたい

急にものすごい孤立感に襲われる

ふいに発狂したくなる

叫びたくなる

暴れたくなる

無性に孤独を感じ

寂しく

哀しくなった

プラス志向な考えの人…に限らずですが、

死にたいって話をしたりすると

そんなの逃げているだけだ、等と言われたりします。

逃げて何が悪い？

もっと明るい自分になりたいって話をすると、

変わろうと努力していないからだ、

変わる気がないからだ、等と言われます。

自分では変わりたいって思っても、

心の何処かで変わりたくない自分も居る。

だから変われないのに、努力してないなんてヒドイ言い方。

相談すると、頑張れ頑張れと言うだけ。

頑張っているのに、これ以上何を頑張れって？

そんなにガチガチになって生きていかないといけない？

命は大切にしなきゃいけない、なんて

遺伝子に動かされているが故に思うことなのに…。

心なんて持っているから、人間は…。

嘘をついたり、騙したりして、

動物の中で一番偉い動物だって自分達を勘違いして…。

自分以外の人間に純粋な上下関係とは

違った優劣をつけたりして…。

怖い、怖い。

不安に押し潰されそうになる。

"ナンデワタシハコンナンナンヤロウ" って…。

しっかりやろう、明るくいこう、プラスな考え方しよう

って思うのとは裏腹に

何もかもしたくない、考えたくない、消えてなくなりたい

と思う自分がいて…。

泣きたくなる。

涙がどんどん溢れてくる。。

そして生きてるって感覚、自分だって感覚を求めて

自分を傷つける。

こんなわたし、おかしいのかな。。。

悲しい事や厭な事があった時は

やっぱり落ち込みます。

わたしは何に対しても

深く考え過ぎるところがあるみたいです。

心配し過ぎ、悩み過ぎ…。

悪い事ではないんだろうけど、度を越してるんやろうね。。

でもなるべく明るくするようにしたい。

悲しい事が起こらない限りは…。

昔にくらべたら、だいぶ変わったんやから。。。

前向きなわたしも、ちゃんと居るもん。

ただ、ちょっとした事で挫けて、馬鹿な事をしてしまう。

弱い、弱過ぎる。。

頑張って強くなろうよ、ね。

フェイシャルフィードバックって知っていますか？

気分が沈んでいる時なんかでも、

顔が笑っていると、気分も明るくなってくるってやつ。

厭な事や辛い事があっても

ニコニコしてたら沈んだ気分もどっかいっちゃうよって感じ。

わたしはこれを試した時期があります。

結構、その通りになりましたよ。

今ではそれをする事を忘れるぐらい

悲しい事なんかがあったけど

また今からでも実践していこうかなって思っています。

とりあえず、楽しい事や嬉しかった事を

思い浮かべたり、思い出したりしてニコニコする。

そしたら、心もある程度明るくなります。

けど、これだけの事が、落ち込んでいる時には難しい。

なかなか良い事なんて浮かんでこない。

辛い事や悲しい事ばっかり。。

笑う事なんか、忘れちゃうんだよね。

自分を変えようと思ったからって

ちょっとやそっとで、すぐに変えることはできません。

変わりたいと思っていても

これまで長い時間をかけて形成されてきたものだし

心の何処かで変化を恐れる気持ちもあるようで

自分を変えるというのは、

長い時間の旅です。

本人だって早く変われないから焦る気持ちがあるのに

周りが急かしたら、尚更焦って

うまくいくものもうまくいかなくなっちゃいます。

周りの人も、

変わろうとしている人への接し方を

変えてみればいいんじゃないかなって思いました。

どういう風にかは、

わたしもよく解らないけど…。

わたしはよく、食べる夢を見る。

セラピーの先生に、夢の話をすると

わたしの夢には愛情欲求を表すものが多いという。

夢の中で食べる＝満たされない欲求を満たす。

わたしは、実生活でもよく食べる。

特にひとりの時。

口癖も、お腹空いたなぁ。

食べても食べても何か食べたい。

沢山食べた後で胃が気持ち悪くても…。

愛をもらえないから

わたしは、食べることによって

それを満たそうとするのだろうか？

これから起こることに関して

ヒトの言う良いことは信じない。

だって、もし違った時

ショックが大きくなるでしょ？

でも、悪いことは信じてしまう。

信じて、心配して、悩んで、苦しんで…。

もし違った時、それだけしたのが

バカみたい？

ううん、ホッとする。

それでいい。

良いように信じて、違った時の方が

バカみたい。

うかれていたわたしが

バカみたいだから。

自分自身のことに関して

ヒトの言う良いことが信じられないのは

自分に自信がないから。

全てが嘘だと、お世辞だと、

心にもないことを言っていると思ってしまう。

自分に自信がないってことは

自分を認めてあげられていないってこと。

完璧なヒトがいないのと一緒で

全然良いとこがないヒトなんていない。

そう考えたら、自分を認めてあげられるかもしれない。

ちょっとでも自分の好きなところを

素直に良いと思えたら。

良いことを信じなくて、悪いことを信じるのは

フェアじゃないとセラピーの先生に言われた。

どっちかにしたら、って。

全部信じるか、全部信じないか。

結局、信じる信じないの問題じゃなくて、

自分の気持ちの問題なんよね。

死にたいって思うのは構わないけど

それを実行しなければいい

って前に、同じ状況から回復できた人から聞いた。

つまり、思うのは勝手ってこと。

実はわたし、普段は

そんなことやたらと口にしないけど、

ココロの中ではずっと、何処かで

死にたいって気持ちが抜けない。

何かがあったから、最終論として

死にたいって思っているわけじゃない。

毎日、いつもの生活の中で、

頭の片隅でいつも、死にたいって思っている。

それをココロに余裕がなさ過ぎる時に

人に言ってしまうことがある。

でも、それを人に言っても駄目なんだって。

ついこの間、友達から言われた。

でもわたし今まで、言わずに我慢してきた。

そんなことを考えているいけない子だと

思われないように、自分の気持ちを隠して…。

自分の気持ちなんて

言っても無駄だって気持ちもあったけど。

言わないで、我慢してきたから

こんな人間になっちゃったんだよ、きっと。

我慢しろとか、我慢するなとか、

一体どうすればいいのか分からない。

わたしの思っているように、したいように、すればいい？

…それが分からないから、困ってる。

母親に抱えられて

泣いている子供を見て、

羨ましいと思った。

わたしも、

ばぁちゃんや

好きな人の胸に抱かれて

思いっきり泣きたい。

今までそんなこと、あっただろうか？

そういえば小学校低学年の時

中学生か高校生のお姉さんの胸に

抱かれて泣いたことがある。

今でもその感じはすごく覚えている。

心地よかった。

嬉しかった。

わたしはまだ子供なんだ。

ココロが全く成長していない、

愛情を欲する子供なんだ。

祖母は昔、わたしにこう云った。

わたしの生い立ちなんかの

話をした後に。

「アンタは雑草のやうに生きなアカン、

踏まれても踏まれても

生えてくる雑草のやうに。」

そんなに強くないけど

踏まれたら生えてくるまでに

時間がよぉけかかるけど

なんとか、生きてる。

けど、

祖母の云う雑草は

もっともっと

強い雑草なんやろうな。

ごめんね、弱くて。

わたしがもっと強かったら

離れずにすんだんやろうな。

ばぁちゃん、

貴女は今、倖せですか？

わたしは、必要以上に

失敗を恐れるきらいがある。

何かを始める時、

失敗するのが怖くて

失敗しなくてすむように

というより

失敗するぐらいなら、と

最初からそれをしないでおく

という手段をよくとる。

先の失敗や不安にばかり目がいき

まだやってもみないうちから

ダメだとか無理だとかで

断念してしまう。

きっと過去の何かが原因で

そうなったんだろうけど、

どの出来事のせいで

そうなったのかは分からない。

分かったら、

何か変わるだろうか？

わたしは常に"死にたい"という

感情を持ち合わせている。

"死にたい"と思っている人を

止めることはできない。

それはわたし自身が

よくわかっている。

死ねと言われようが

死ぬなと言われようが

何と言われようが

"死にたい"のだ。

でもこの気持ちをどうにかして、と。

苦しくてつらくて

つい誰かに助けて欲しくなる。

誰にも、助けることなど

できないのに…。

どうすれば

"死にたい"と思わなく

なるんだろう。

最近、鬱についての気持ちが

だいぶ変わってきた

よく本なんかで

鬱は必ず治るとか

治った人の話とか書かれているけれど

そんなわけない

じゃあなんでわたしはこんななの？

ってずっと否定してきた。

でも、近頃は必ずとまでいかなくても

治るっていうのは本当かな

って思えるようになってきた。

それは、わたしが良い方向に

向かってきたから云えること。

現時点でのわたしの鬱に対する考えは

以下のようなもの。

自分が鬱という

特別枠にある優越感、

そうであることに酔っていること、

それに気付いて

何とかそれを手放して

本当に普通になりたい

と願わなければいけない気がする。

でも、それは状態が良くなった

今だからこそ云えることで

鬱真っ只中の時は、

そんなことに気付く余裕もない。

何かのきっかけが

それに気付かせてくれるはず。

ダメだダメだと思いながら

なんとかこうして生きているんだから

きっと大丈夫。

命が大事とか

そんな綺麗事は云いたくないけれど

死んだら哀しむ人がいる。

けど、鬱の時はその人たちのことまで

考えていられないんだよ。

周りの人がよく云う言葉がある。

まず１つ目。

[今死んだらこれから起こる楽しいことも経験できない]

そんなこと、どうだっていいんだって。

今しんどいの。

今苦しいの。

今ものすごくツライの。

これから先のことなんて考えたくもない。

喩え、この先楽しいことが起こるんだとしても

そんなの今のわたしには関係ない。

いらない。

それ以上にツライことの方が多いから。

そして２つ目。

[まだまだこれから]

この言葉はずっと云われてきた。

これからこれからって、一体いつから？

いつまで経ってもこれからのまま。

現状は変わらない。

具体的に云ってみて、いつからか。

明日？　あさって？　1ヶ月後？　それとも1年後？

何にしたって、これからなんてことはない。

今しんどいって云ってるでしょ。

いつまで待てばいいの？

待てないんだって。

先のことは考えられない。

今がすごくツライから。

何度云われても変わらない。

そんな哀しくなるような言葉は云わないで。

個人個人の精神的落ち込みは、

他人にはわからない。

他人が重大だと思うことが

自分にはどうでもよかったり、

逆に他人がどうってことない

ということが重大だったり。

精神的な問題は

そのインパクトがヒトによって全然違う。

これを理解していないヒトは多いし、

これが解らないヒトには、

あれこれ云って欲しくない。

絶望なんて、

絶望したヒトにしか解らないものです。

死ぬ気があるなら、何でもできる

なんて云っているヒトは

何にも解っていない。

何かをやる力が無くなるから死にたくなる。

気力がないのだから、何もできない。

最後（?）の気力を振りしぼって自殺する。

正確には…

自殺しようとする、

かな。

著者プロフィール

つばめ 那月 (つばめ なつき)

1978年4月22日生まれ

和歌山県出身

ホームページ

+パンドラノ箱+

http://pb.to/

いさよふ月

2004年8月15日　初版第1刷発行

著　者　つばめ 那月

発行者　瓜谷 綱延

発行所　株式会社文芸社

〒160-0022　東京都新宿区新宿1－10－1

電話　03-5369-3060（編集）

03-5369-2299（販売）

印刷所　株式会社平河工業社

ISBN4-8355-7708-6 C0092